ADIVINA... ¿Quién SOY?

Me gusta que las personas luzcan bien.

RETO 1

Señala al niño antes de peinarse y a la niña después de peinarse.

Trabajo en una estética.

RETO 2

Observa bien la estética, después tápate los ojos y menciona cuántos espejos hay.

Utilizo muchos instrumentos para trabajar, como:

RETO 3
Señala todo lo que puedes usar para peinarte.

Puedo cortar y peinar el pelo de muchas formas.

RETO 4

¿Cuál peinado te gustó más?

También puedo pintar el pelo del color que cada quien prefiera.

RETO 5

¿Qué colores de los que están aquí conoces?

Ayudo a las personas a lucir bellas en momentos importantes.

RETO 6

¿Recuerdas cuándo fue la última vez que te arreglaste para un evento especial? ¿Fue hace mucho? ¿Qué puedes contar de ese día?

¿Adivinaste quién soy?

¡Sí, soy una estilista!

Contesta si es cierto o falso.

Me usan los policías.

Cierto   Falso

Sirvo para cepillar.

Cierto   Falso

Me usan para cortar las uñas.

Cierto   Falso

Reflejo tu cara.

Cierto   Falso